여명
그 빛의 아름다움

김윤수 시집

시음사
시사랑음악사랑

시인의 말

밤사이 하얀 눈이 내렸다
머리 위에
내 마음 위에도
하이얀 눈이 내렸다

새로운 신천지를 보며
경이로운 시선으로
새로운 마음으로
하얀 세상을 바라본다

저 속에 서서 보이는 아름다움을
보이지 않는 아름다움을
어떻게 구상하고
어떻게 사유하며 어떻게 그릴까

가슴이 뛴다
심호흡을 해본다

신인상을 받고
첫 시작은 하얀 백지 위에 그린 핑크빛이었으나 시간이
가면 갈수록 자갈길이다. 온전한 자갈길이면 차라리 좋
겠는데, 웅덩이를 채운 자갈이 튀어나와 옹알이를 한
다. 아름다운 메시지로 미소를 안겨 주고 싶은데, 끊어
진 고무줄처럼 튀어 다시 돌아오는 사고의 숲.

책상 위에 쌓아 놓은
먼지 묻은 흔적들이 이제는 답답하다. 고
소리치는 거 같아 한번은 정리를 하여야 할 거 같았다.
부족한 지식을 채우기 위해 많은 곳을 찾아다니며 노력
은 했지만, 부족하기만 한 모습이다.

이 시점을 계기로
좀 더 생활 속으로 파고들어
섬세하지만 아름답고
촌스럽지만 정이 가는
마음이 편안한 글을 남기고 싶다

아들의 결혼식을 계기로
용기를 냈듯이
그들의 앞날이 행복하기를 바라며
나도 시와 사진과 아름다운 동행을 추구하며
다시 시인의 마음이 되어
남은 시간을 바칠까 한다.

끝으로
이 시집을 내기까지
물심양면으로 도와주신 김락호 이사장님과
조한직 이사님 그리고 최명자 회장님께 감사 인사를 드
립니다.

시인 김윤수

* 목차

* 목차

QR코드 스마트폰으로 QR 코드를 스캔하면 시낭송을 감상할 수 있습니다 본문 시낭송 감상하기

 제목 : 가을앓이
시낭송 : 김윤수

 제목 : 하얀 목련이 된 너
시낭송 : 김윤수

 제목 : 다시 시작하세요
시낭송 : 조한직

 제목 : 매화
시낭송 : 박영애

 제목 : 바다처럼
시낭송 : 박영애

제목 : 부부는 신축성이 있어야
시낭송 : 최명자

제목 : 상수연
시낭송 : 최명자

 제목 : 여름밤의 폭우
시낭송 : 조한직

 제목 : 우리 천천히 즐기며 가세
시낭송 : 김윤수

 제목 : 푸른 소나무
시낭송 : 조한직

 제목 : 혼돈의 시간
시낭송 : 김윤수

시인은 자연을 이야기하고 시낭송가는 자연을 품었다
글자는 날개를 달아 언어로 날고 소리는 자연에 눕는다

순리

잘났다고 으시댈 필요도 없고
못났다고 기죽을 필요도 없다.
인간사 자체가 됫박질 같은 거기서 거기다

반식자라 기죽을 필요도 없고
박식하다고 우쭐해서도 안 된다
누구나 한 가지의 재능은 가지고 태어나고
언젠가는 그 기운은 쇠락한다.

지구는 호수와 같고
사람은 물과 같은 것이다
윤슬을 내는 아름다운 물도 개숫물이 될 수 있고
개숫물도 윤슬을 만들 수 있는 게 인생이다

고로, 잘났다고 으스대도 안되고
못났다고 슬퍼할 일도 아니다.
그 자리에서 순응하며 맡은 일을 잘하면
그게 잘 사는 것이다.

인생무상

가을밤 풀벌레 소리에
여름날 천렵 모습 떠오르고
감투 하나 쓸 때마다
인생도 익어감을 알지만,

창문을 열고 보니
어느덧 앞산은 색색으로 변하고
바람에 날려온 낙엽은
정원 석등 옆을 스치며
바스락거리는 비명 지른다

삶이란 게
말굽에 편자를 박듯이
미래를 대비하는
안목과 지혜로움이 있어야 하지만
또한 덧없음을
어찌할 수가 없구나

총각마음

산기슭 삼포(蔘圃)에
비스듬히 쪼그려 앉아
김을 매는 아낙네

흠뻑 젖은 적삼 아래
살포시 드러난 젖무덤은
무엇에 흥이 났나
흔들 흔들 춤을 추고

지나던 총각 놈
이마에 땀 닦는 척
흘끗거리며 쳐다보니
가슴은 천둥 치듯 쿵쾅거리네

그 모습이 아른거려
마음을 돌리려 애를 썼지만
한 손에는 가방 들고
한 손은 주머니 속

부끄러워
얼굴만 붉어지네

가을날의 라이딩

하늘빛 맑게
헬멧에 부딪히니
은하수 되어
내 마음에 안기고

각혈하듯 울며
서럽게 내리던 장맛비
냇가의 아픔 가져갔나
참 맑기도 하구나

파란 하늘에 하얀 조각구름
세상을 굽어보며
미소 짓고

두 발과 두 발 사이
서로를 의지하며 힘차게 달리니
가을바람 웃으며
온몸을 애무하네

가을 얼굴

가을빛에 곱게 물든
낙엽 하나, 구름 한 점

바람의 붓질로
아름다운 그림 그린다

하늘에는 연하고 부드럽게
들에는 색동저고리

서로를 바라보며
표정 이야기 한창이다

개망초의 항변

꽃은 피어도
꽃이라 아니하고
향기는 있어도
좋다 아니하며

풀도 꽃도 아닌
천대받는 이름
개망초라 하네

이보게
너무 괄시하지 말게나
푸른 어린 시절엔
부드럽고 맛있다, 하여
밥상에 올랐고

마음 좋은 여인은
아직도 나를
계란 꽃이라 부른다네

가을앓이

우중충한 날씨
배는 허기진 짐승의 울음소리가 들리는 듯하고
마음은 종일 울적하구나

혼자 앉아서
소주잔을 기울이기는
너무 한심하고
그 누군가와
술 한 잔을 앞에 놓고
이바구를 하며 훌쩍이고 싶다

그러다 그러다가
앞에 앉은 너의 가슴에
내 머리를 묻고
소리 없이 흐느끼며
처량한 눈빛으로 너를 보고 싶고

등을 다독이는 너의 마음에
감동하고도 싶고
이 세상 다 필요없다고
술주정에 객기를 부리며
안주도 엎어보고 싶고

나는 왜 이리도 운이 없느냐고
나는 왜 이리도 인복이 없느냐고
나는 왜 이리도 못난 인간이냐고
넋두리하면서
엉엉 울고도 싶다

왜?
가을이니까!

제목 : 가을앓이
시낭송 : 김윤수
스마트폰으로 QR 코드를 스캔하면
시낭송을 감상할 수 있습니다

거목

나무는 가만히 있으나
바람 불어 가지를 흔들고
그 사이로
햇살 갑자기 내리니
어둠이 밝음으로 바뀐다

틈새로 비추는 햇볕 좇아
연약한 생물들
서로 밀치며 아우성이고
그늘에 기생하던
벌레들 독을 뿜는구나

그래 그래
하루아침에 거목이 되지 않고
모소 대나무처럼
인고의 세월
하늘이 점지했던 것이겠지

하물며 사람들아
익기도 전에 김칫국 마시지 말고
섣부른 행동으로 나대지 마라
잘난척하는 너의 모습에
대세를 그르친다

춘분

거센 엄동의 손
살며시 뿌리치고
봄비 맞으며
다소곳하게 찾아온 님이여

이리 오시니
촉촉이 젖어드는 빗님도
목련꽃 보며 웃고

산수유 꽃
그윽하던 향기 대신
영롱한 보석 머금은 모습
참 좋다

이처럼
세상 모든 것이
모자라지 않고 넘치지도 않으면
참 좋겠다

계절의 경계

겨울이
몸을 사리며 흔적을 지울 때
하얀 창호지 사이로
그간의 사정을
살며시 적어 넣는다

꽃피울 시기를 점치며
부지런히 단장하는 목련도
군락을 이루고 있는 벚나무도
창 너머에서 꿈틀대며
집안을 기웃거린다

어젯밤에
슬며시 왔던 벌, 나비
문밖을 나가다
겨울의 빨랫줄에 걸렸나
밤새 흰머리가 내렸다

고독

천년이 무엇이고
백 년은 무엇이던가

잠시 잠깐 흘러가는 길
어느덧 반백의 머리에
서러움 안고

그리움 없을 곳 찾고 찾아도
외로운 삭풍만이
가슴을 쓸고 가네

군자란

그가 웃는다.
올해는 작년보다 늦게 왔지만
어김없이 나를 찾아와 줬고

엄동의 모진 추위도
잎으로 받고 뿌리로 견디며,
봄 햇살 반갑다
환하게 웃으며 달려온 것이다

하루하루를 날개짓하듯
꽃잎은 성숙한 모습으로 변하고
뿌리 또 한 가지를 잉태하며
제법 당당한 모습으로
꽃 인사한다

따스한 햇살은
마음 흔들어 깨우고
바람은
봄 향기 안기니

마음도
몸도
세상도

꽃이요 봄인가 하노라~

깨우침

내 머리는
모든 은원 내려놓고
내 마음속
카오스이론으로 정리하라 하고

내 눈은
채석장만 보지 말고
다듬어진
석불을 보라 하네

내 마음은
충매화만 보지 말고
꽃가루와 곤충
그 향기의 과정을 보라하고

어떤 스님은
세상사가 다 힘들다며
인생을 근시안으로 보지 말고
해원과 용서로
세상을 살라 하네

나무로 살아가는 삶

나는 나무다

바람은 바뀌지만
나는 바뀌지 않는다
다만 흔들릴 뿐이다.

나는 사람이다

세상의 유혹에 흔들릴 뿐
그 속에서
허우적대지는 않으리라

이 땅에
이 산에, 주인은 누굴까
지나가는 구름도
스쳐 가는 바람도 아니다
굳건히 뿌리를 내리고 있는 나무다.

세상의 주인은 누굴까
바로 사람이다.
땅의 주인은 나무이듯 세상의 주인은 사람이다.

바람이 아무리 유혹 해도
나무가 바람을 따라갈 수 없듯이

사람도
흔들릴망정 세상의 유혹에
자신을 지켜야 한다.

나무처럼,,,,,,

나물 캐는 여인들

연산 산소에
볼일이 있어 다녀오다
여심을 보았다

따스한 봄 햇살은
대지 위에 살포시 내려앉고
흰구름 유유히 흐르니
심술궂은 봄바람은 흰구름을 희롱한다

구중궁궐 갇힌 여심
훈풍이 유혹하고 들판의 초록 아이
어서 오라 노래하고

무심한 낭군님은 어이하여 여심을 모르는가
우격다짐 사랑 노래 부르니
이내 마음 봄여시 되어
마음은 날개옷을 찾네

나의 기도

그리움은
늘 내 마음속이
답답한가 보다

석양을 따라
날갯짓 한다
푸드득 푸드득

나는
가슴에 살포시 안고
기도를 한다

부드러우며 깊고
넓은 빛에
머무르게 하시옵소서

날고 싶다

창문을 활짝 열고
시원하게 달리고 싶다
알 수 없는 거리를 목적도 없이
마구 달리고 싶은 밤이다

스치는 건물의 불빛이
내 마음 스치고
싱그러운 풀냄새 코끝을 자극할 때

나도
내 가슴도
자유로운 새가 되어
날개를 퍼덕인다

먼 창공을 향하여
무한의 날갯짓으로
자유를 향해 달린다

무지개빛 찾으며
끝없이 퍼덕인다

내가 너를 사랑함은

나를 타인으로 보지 않고
마음을 다하기 때문이다

내가 너를 사랑하는 것은
투명지로 싼
너의 마음이 보이기 때문이다

내가 너를 사랑하는 것은
진심이 묻어 있는
눈빛이 나를 향해 있기 때문이다

이것이 내가 너를
사랑할 수밖에 없는 이유다

하얀 목련이 된 너

넌
겨울을 이겨내고
잎새가 나기도 전에
하이얀 모습으로

언제나
고고한 자태로 웃고 있었지

활짝 핀 웃음 속에서
가지런한 치아는
너의 마음처럼 곧고 아름다웠고

목련꽃처럼
품위가 있었고
아카시아꽃처럼
짙은 너만의 향기가 피어났지

늘 가까웁지도
그렇다고 멀지도 않은
따뜻한 불빛이 되어

잊을만하면
바람에 살랑이는 머리칼 샴푸로
나를 기분 좋게 만들었고

사랑도, 우정도 아니지만
은근한 가마솥 누룽지처럼
구수하면서도
너만의 향기를 풍기고 있었지

내가 너에게 줄 수 있는 건
싸고 싼 하얀 목화솜에
청심환 한 알
네가 아파할 때, 짠 하고 주고 싶어

그렇다고 아파하거나
울면 안 돼

너는 행복해야 하니까

제목 : 하얀 목련이 된 너
시낭송 : 김윤수
스마트폰으로 QR 코드를 스캔하면
시낭송을 감상할 수 있습니다

능소화

그리워 그리워서 가슴속의 연서 한 장
눈물로 쓰려해도 햇볕에 숨었는가
타는 가슴 끄느라고 눈물이 메말랐나
그리움에 연서 한 장 쓸 눈물이 없구나

연분홍 웃음 곱기도 하다만은
무엇이 그리워 저 높은 곳에 서 있는고
서러워 서러워서 울다가 지쳤는가
들썩이는 어깨가 바람에 흔들리네

다시 시작하세요.

해가 뜨고 지듯이
우리네 인생도
아침에 일어나고
저녁이면 잠자리에 듭니다

살다 보면
지우고 싶은 일도 많고
가슴 아픈 그리움도 있습니다
너무 힘들어하지 마세요

단지
새로운 아침이 올 뿐입니다
새로운 시작일 뿐입니다

떠오르는 태양처럼
나를 다시 조명하며
아름다운 석양을 향해서
즐기며 떠나요

그곳에는
아름다운 노을이 있답니다
그곳에는
아름다운 별도 있답니다

당신의 마음에
희망의 은하수를 심으세요

제목 : 다시 시작하세요
시낭송 : 조한직
스마트폰으로 QR 코드를 스캔하면
시낭송을 감상할 수 있습니다

31

당신이 좋아요

꽃이 피는 이 계절에 사랑하세요.
그리고
참여하세요

사랑도 이야기하고
슬픔도 이야기하며
우리 서로를 바라보며
세상을 이야기해요

그냥
따스한 눈빛으로
서로를 보며 우리 이야기해요

그대가
부드러운 눈빛으로 이야기할 때
나는 가슴을 열고 당신의
그 이야기와 사랑을 마시겠어요

아주 깊게
당신의 그 눈빛과 그 마음 받겠어요
그리고 당신의 손을 잡고
미소로 이야기할래요

'당신이 참 좋다'라고

立春大吉

세상이 시끄럽고
코로나가 지랄염병 떨어도
세상은 돌아가고
24절기의 첫 시작인 입춘이
방긋이 웃으며 왔구려

入春이 立春으로
봄이 문 앞에 서 있으니
봄은 오는 게 아니고 맞이하는 것
묵은 찌꺼기 툴툴 털며
새 마음으로 맞이하여

우리님 가정에도
따스한 봄빛 스며들고
매화 향기 머금은 웃음소리
담 너머 넘나들며
기쁨의 함성 지르소서

그렇게 웃으소서
얼었던 마음 부드럽게 얼싸안고
사랑 향기 흩뿌리며
활짝 웃으소서
모두 웃게 하소서

아픈 사고

짙은
어둠이 내리고
길 잃은 가랑비
슬피 울 때

멈춘
신호등 아래서
천둥이 치며
나를 압박했지

동안인
그 머스마는
졸았다고 한다

깊은
호수가 되어
슬피 우는
그림자를 보며

언젠가

그 언젠가는

밝은 웃음으로

해후하기를

나는

외로운 침대에서

조용히

기도한다

마음에 병

지가 무슨 18세 순정녀라고
갈바람에 가슴 아파하더니

엄동의 사나운 바람맞으며
뭐가 그리 슬프다고
혼자 밤새 흐느끼며 우는가

아서라, 울지 말아라
속에서 우는 바람은
심신을 갉아먹는 아픔 되어
메마른 영혼에 가시가 된단다

참지 마라
슬프다고 가슴 치지 말고
차라리 목놓아 펑펑 울어라
애초에 싹을 자르거라

마음에 병은
참을수록 커지며 심신을 갉아먹는
몹쓸 병이 된단다

매화

엄동의 모진 바람이 지나간
시련의 자리에 아름다움으로 승화된
순박한 하얀 누이의 모습이 앉아있다

지하의 한기가 온몸으로 올라와
시린 몸뚱이 추스르고 달랠 사이도 없이
슬픈 미소가 웃음이 되고

눈보라 속에서도 방긋 웃는 님
당신의 그 숭고한 마음에 미소 지으며
차디찬 설움의 흔적을 모아서
사모곡을 부른다

숱한 세월의 흔적을 뒤로하고
오늘도 끊임없이 흐르건만
끈끈한 사랑의 앙금은
오늘도 내 가슴을 멍들게 한다

순백의 수줍음 가득 담아
고고한 아름다움으로
하얀 미소를 짓는 꽃
오늘도 그리움에 목놓아 불러본다.

제목 : 매화
시낭송 : 박영애
스마트폰으로 QR 코드를 스캔하면
시낭송을 감상할 수 있습니다

마음

너는 나의 거울,
오장육부를 조절하며 뒤틀고
육신을 흔들며 오그리고
때로는 고통으로 내쫓고
기쁨을 불러도 온다

이중의 생각으로
슬퍼하고 기뻐하며
때로는 호기도 부리며
너그럽고
순응할 줄도 아는
담백한 사랑마저도 가지고 있지

그러나 넌
슬픔보다는 기쁨을
기쁨보다는 행복을
행복보다는
더 큰 만족을 찾아
스스로
모자람을 만들지

왜일까?
그것은 네가 너무 커서지
그칠 줄 모르는 욕심이라는 식성이….

내 것이로되
내 뜻대로 할 수 없고
내 것이로되
머리와 행동 속에 또 다른 너를
어찌할 수 없는 아픔이구나

그래도
노력하며 비우자
그래, 비우자!
욕심도 바람도 모두 내려놓으면
비웠지만 꽉 찬 것이요
꽉 찼지만 채울 수 있는 마음.
心空으로

* 심공 : 마음이 무한이 넓고 큼을 허공에 비유하여 이루는 말
        모든 장애가 사라져 평안하게 된 마음의 상태

모기

혼탁하고 지저분한 곳
그곳에서 태어나
날카로운 주둥이로 귀찮게 하며
고혈을 빨아먹던 암컷

살기 위해서였다고
나름대로 최선을 다한 삶이라고
그렇게 행동으로 말했지

이제 생각하니
너의 날카로운 주둥이 속에는
위선과 허욕으로
너의 꺼풀을 덮고 있었다

이제는 가증스러운 너의 행동이
벌을 받을 것이다
쾌락만을 탐하던 몸은 비수에 찔리고
날카로운 입은 기능을 잃고
온몸을 비틀며 죽어갈 것이다

그렇게 갈 것을

몸살감기

삭풍은, 천장을 휘돌아 가슴을 스치고
몸은 을씨년스럽게 오그라드니
상하가 뜨거움과 서늘함으로
양분하여 온몸을 쪼개고 있다

쪼개진 틈 사이로
바람 따라 비비며 흘리는 눈물은
내장 속으로 흐르다
위로 솟구치며 생각을 부순다

잘 짜여진 퍼즐처럼
오장육부가 톱니 되어 돌아가고
부드러운 마찰음이 노래가 될 때
가볍게 팔랑이며 머물던 향기는 어디로 갔나

뜨거운 토악질만이 온몸을 질주하고
부서진 생각들은
외로운 방랑객 되어 정처 없이 헤매니
생과 사의 갈림이 이곳이려는가

밤바다

반짝이는 나비 부지런히 날다가
순식간에 어둠이 내리고
가을의 풀벌레처럼
바다는 어둠 속에서 슬픈 노래를 한다.
찰싹, 처얼~ 썩

죽음의 모습 속에서
생명을 잉태하고 싶어 초라한 모습으로
심장을 난도질하며 토해내는 아픔은,
임종을 지켜보는 서자의 외로운 눈빛 되어
가냘픈 초승달만 바라본다
아니다 죽음 앞에서 허덕이는 모습을
초승달은 불안한 눈으로 지켜보는 것이다

내 몸을 온전히
어둠으로 던져 넣는다
어둠은 내가 되고, 나는 어둠으로 동화된다

앙상한 가지로 바람 따라 흐느끼는
슬픈 고사목처럼

뱀의 혀

갈라진 입으로
잠시도 쉬지 않고 날름거리며
배로 걸어 다니는
살아있는 것만 사냥하는 자

못 된 편린의 조각으로
진실을 가리고
거짓과 달변으로 자기를 합리화하는
파괴자들

한번 물으면
결코 놓지 않고 온몸을 동원하여
조이고 터트리며
서서히 삼키는 지독한 악의 소유자

그들만의 꽈리를 틀고
그들만이 통하는 주둥이로
선동과 분열을 부추기는 것들

어떻게 하여야 하나
어떡하면 이런 파충류를 없앨까
더 독한
살충제가 필요한 시기다

바다처럼

바다는
바람을 불러
파도로 음표를 만들고
부딪히며 노래를 한다

잔잔하게
슬프게
때론 혹독하게
온몸으로 처절하게 몰입하며
노래한다

누가
그 누가 바다를 탓할 것인가
한 뿌리 같은 밭에서도
성장과 결실이 다른 것을
하물며 인생의 길인데
수시로 변하는 굴곡진 길인데

흔들리지 마라
아파하지 마라
슬퍼하며 아파하는 것은
흐름을 모르는 아둔함이다
바다처럼 바람이 불면
그 바람으로 노래를 부르자

나만의 노래로
생을 아름답게 때론 처절하게
영혼을 싣고
그 속에서 웃으며 달려보자
즐기며 달려가자

제목 : 바다처럼
시낭송 : 박영애
스마트폰으로 QR 코드를 스캔하면
시낭송을 감상할 수 있습니다

버들강아지

운무의 아지랑이 속
가녀린 나신이 춤을 춘다

춘풍의 온기에
쾌락의 점등 켜지고
온몸을 비틀며 회심의 괴성을 지른다

축축이 젖어오는 사랑의 흔적
그 쾌감의 절정
돋아난 연회색 돌기

모든 걸 흡입이라도 할 듯
양손을 벌리고 받아드린다.

성찬의 기쁨
알 듯 모를 듯 엷은 미소
흡족한 포만의 웃음

그가 웃는다
드디어 활짝 웃는다

벚꽃 이야기

단 며칠을 살아도
화사하게 웃으며 살으리
날 찾는 이 없어도
홀로 흐느끼며 슬퍼하지 않으리

햇살 마주하며
쌓인 내 마음 다 보여주고
혹독한 겨울 말하며
툴툴 털며 웃으리

그러다 그러다가
세월이란 바람이 내게 오면
얼싸안고 가리다
춤추며 휘날리며 가리다

짧지만 행복했노라 말하며

번뇌

비가 내린다
하늘에서
마음에서 비가 내린다

비우고 흘러가도
빗물처럼 고이고
다시 흐르고
비워도 비처럼 내리고

너무 무거워
다시 비우고 비워도
다시 채워지는 공간

언제 다 비우고
새롭게 채울까

오늘도
108배로 비우고 비우지만,
해탈의 길은
어디에 있는가

봄날의 오후

차 안이 참 따뜻합니다
따뜻하지만 답답합니다
창문을 열었습니다

아무 생각이 없습니다.
마음을 뒤적이다
차창 너머로 지나가는 세상을 봅니다

눈은 보고 있으나
맺히는 초점은 엉켜있습니다
마음이 졸립니다

멍때리는 시간입니다

별들의 세계

배티재
깊은 숲속의 커피숍
고르바초프가 다녀간 곳

커피 향과
먼 곳에서 온 에피덴드럼이 웃고
바람이 귓가를 스치며
싱그러운 초록향기 코끝 스칠 때

바람 따라

아스라하게 들리는
친구들의 수다를 뒤로하고
잠시 흔들그네에 눈 감고 몸 맡기니
반짝이는 별과 조우한다

무수히 반짝이는
은하의 세계에서 맘껏
하늘을 난다

불계지주

그곳에는
반짝이는 은하의 세계가
별들의 세상이
살아 움직이고 있었다

* 不繫之舟(불계지주) : 속세를 초월한 무념무상의 경지를
　　　　　　　　　　비유적으로 이르는 말.

복어 같은 사람

참으로 가증스럽다
더러운 과거가 부끄러워
고개 드는 것도 어려운데
그는 고개를 좌우로 돌리며
느긋하게 두꺼운 얼굴로
좌중을 내려다본다

한편에서는
이 모습을 철면피라 하고
한쪽에서는 능력이라 한다

그가
배만 뽈록한 복어를 가져왔다
갑각류만 먹고 자란 복어다
어제도 오늘도 마구 잡아 온다
맛은 좋은데,
기분은 좋은데

그 속에는 독이 들어 있다
그 독을 제거도 안 하고
맛만 강조한다. 선심을 쓴다
알고 보니
지가 잡은 것도 아니고
지 것도 아닌, 남의 것이다

거참!
울어야 할지
웃어야 할지 감당이 안 된다

봄날의 라이딩

흐릿한 날씨
싸늘한 공기가 얼굴을 스치며
가볍게 인사를 한다

바람도 마주 오며 눈을 부릅뜬다
그러거나 말거나
나는 힘차게 페달을 밟으며
헉헉거리며 달린다

몸이 이기지 못하고
기지개를 켜며 노폐물을 뱉는다.
무겁던 몸이 한결 가볍다.

잠시의 휴식.
가져온 헛개차가 목을 타고 흐르니
내장이 기뻐서 아우성이다

흐르던 땀이
입을 삐쭉이며 돌아선다
은근히 몸이 오그라지며 그 서슬에
슬며시 자전거의 핸들을 잡는다

부부는 신축성이 있어야

사랑은
눈으로 말하고
마음으로 느끼는 것이지만
잠깐의 엇박자로
코도 깨지고
무릎도 까질 수 있다

이것이
사랑이라면

부부는
우산을 함께 쓰고
걷는 것이다
피할 수 없는 비라면
상대의 어깨가 젖지 않도록
배려를 하는 것이고

살면서
행복보다 슬픔으로
마음은 늘었다 줄었다 하지만
터지지 않는
신축성을 가지는 것이
좋은 삶이요 인생이다.

제목 : 부부는 신축성이 있어야
시낭송 : 최명자
스마트폰으로 QR 코드를 스캔하면
시낭송을 감상할 수 있습니다

55

봄날의 행복을 찾다

이른 아침 5시
약속의 청풍호 길
눈에 선하게 떠오르는데
빗 님이 길을 막는다

망설임의 시간은 지나고
머리 숙이며 돌진의 자세 취할 때
뒤통수 따가워지고
마눌의 애잔한 눈빛이 나를 잡는다

그 눈빛은 말하고 있다
비 그치면 벚꽃 길은
햇살 따라 춤을 출 것이고
나는 당신과 그 길을 걷고파라

그 애잔한 눈빛에
준비 땅 자세를 풀고 슬그머니
소파에 앉는다

비 님은 가시고
햇살이 대지를 적실 때
모처럼 봄바람 타고 봄눈 따라서
따스한 길 걷는다

슬픔도 웃음도
바람 따라 표정을 바꾸며
벚꽃 따라 흉내를 내 본다
벚꽃잎이 웃고 마눌도 웃고
나도 따라 웃는다

호숫가에 자리 잡은
아담하고 고즈넉한 찻집
둘이 마주 앉아 그림을 그린다
그래 그게 좋겠다
이름은
시인의 집으로
나는 커피를 내리고
당신은 캘리로 꽃들과 이야기하고
그럼 좋겠다

마눌의 희망
그 그림을 들으며 빙긋이 웃는 나
눈길은 꽃잎 따라 호수에 두고
가슴을 쓸며 고개 돌리고 웃는다

못 봤겠지
바람에 얹힌 벚꽃 따라
내 마음 날아간다
들킬세라 숨어서 날아간다

봄처녀

긴 치마
다소곳이 감싸며

언제
어느 곳
어디에서 왔는지
수줍은 초록빛 웃음

그 웃음,
내 마음은 풍선을 타고
하늘을 난다

두둥실 두둥실
뭉게구름 위에 앉아
아래를 본다

억센 사내 품
여린 몸으로
그 품을 벗어나는 가녀린 모습

버들강아지, 목련, 개나리
참꽃의 진실을 보며
사분사분 다가오는 그미를 본다

가녀린 몸매
따스하게 퍼져오는 아지랑이 향기

때로는 앙탈을 부리고
때로는 사나워도
그 사나움은 우리를 위한 웃음이기에

나는 네가 좋다
향긋하게 다가오는 그미가 좋다
꽃과 함께하는 웃음이 좋다

분노(배신)

나 홀로
세상을 바라보며
흩어지는 마음 모아
거친 파도를 향하여 삶의 노 젓는다

험한 가시밭길
따가운 햇볕의 등살에 찌든,
축축해진 흔적의 외로움

남모를 고통 속에서
이제는 녹슨 마음
어디서부터 어떻게 닦아야 하는지

턱턱 막히는 숨
끓어오르는 분노에
가슴은 천식을 앓고 슬피 운다

저 일렁이는 분노는
언제쯤
아름다운 윤슬 되어
춤출 수 있을까

그렇게 가는 것을

비가 내린다
꽃이 핀다, 꽃이 진다
떨어진 꽃을 보며
슬픔에 코를 훌쩍인다

우지마라 우지마라
인생이란 내 것도 니 것도 없는 것
무엇을 탓하고 무슨 미련이 있다고
궐양지화(厥陽之火)
온몸에 담는가

아서라 말아라
다 부질없음이니
밀면 내려가고 걸리면 멈추고
흐르는 물이 되어
자연 속으로 가는 것을

그렇게 가는 것을 ,,,,,,

* 궐양지화 : 오지가 지나쳐서 생긴 화

사랑

사랑은 무겁지도
험난하지도 않답니다.

그건
햇살같이 밝은
당신이 있기 때문이고
언제나 마음에 쉴 곳을 주는 당신의
너그러움 때문입니다.

가을이 곱게
아주 곱게 화장하는 날
하늘에 구름 조각 하나 떼어
단풍잎 살포시 얹어
갈바람에 미소를 실어 보냅니다.

당신의 마음속으로.....

사랑 2

따스한 봄빛이
자꾸 나를 쫓아오는 거 있지
난 봄빛을 사뿐히 안았지

근디,
부끄럽다고 자꾸
내 가슴으로 파고드는 거야

사랑은 그리움

우리가 살면서
사랑만 하고, 사랑 속에서 살면
더 무엇을 바라겠는가

사랑은 항상 가까이 있어
잡힐 듯하면서도 잡을 수 없는
그리움인가 보다.

사랑은

사랑은
소리 없이 왔다가
천둥 치며 가는 것

사랑은
좋아서 소곤거리다
눈 흘기며 가는 것

사랑은
늘 아프지만
다시 하고 싶은 것

색안경

위치에 따라
보이는 것이 다르고
느낌도 다르지만

이쪽저쪽 보며, 다른 게 아니라
이쪽이나 저쪽에서나
하는 짓이 똑같다

알고 보니
저늠아
똑같은 색안경만 끼고
세상을 보더라

그러니 세상 보는 눈
변할 리 없고
보는 세상이 그러니
겉과 속이 다 그런 것이겠지

아, 저런 세상 안 보고
저 모기소리
듣지 않았으면 좋겠다
살충제는 어디에 있을까

탄 살갗

본디 살빛이었으나
붉게 물들음은
나의 과거이고 흔적이어라

뿌리가 같은데
무엇이
다름이고
무엇이
틀림인고

다름도 틀림도 아닌
변화로다

상념의 바다

소주 석 잔에
어둠의 세계 하얀 밤 되고
상념의 조약돌
성을 쌓고 부시고 다시 쌓는다.

주어진 생의 그늘
함께 뻗은 가지들, 그 큰 줄기
씨 없는 열매의 앙금이
봄바람에 흩어지려 버둥거리고
잔가지는 흔들리며 안간힘을 쓴다

길을 가면서도
과연 이 길이 맞는지
지금의 가는 속도는 마력을 벗어난
만용의 떨림은 아닌지
외롭게 똑딱이는 시계의 초침 소리가
천둥처럼 다가오지만,
상념의 깊은 바다는 그 끝이 없어라

새벽의 향기

상큼한 새벽 공기는
온몸을 정화시키고
몸속의 노폐물은 죄송하다 노래하며
탈출을 시도한다.

어설픈 끈적함은
마음을 우울하게 하지만
넉넉한 질펀함은
마음을 웃게 한다

바람을 타고 흐르는
이 오묘한 향기는
나이가 들수록 향긋함으로
다가온다

헉헉거리는 가쁜 숨에도
질펀한 입에서의 향연은
서로를 바라보며,
싱긋이 의미 있는 웃음 짓는다

상수연

한 세기를 살아오신 어머니

당신의 굵은 주름은
우리의 큰 길이 되었고
당신의 긴 한숨은
우리에게 힘이 되었습니다

당신의 아픔보다는
자식의 안위를 걱정하시고
당신의 배고픔보다
자식의 행복을 바라시는 어머니

이제는 검버섯
깊은 주름의 세월을 돌아보며
지나온 인생길이
때로는 회한의 세월이 되어

가슴 속 아리고
슬픈 아리랑이 되어
당신의 가슴을 휘몰아쳐도
조용히 쓸어 담는 인고의 마음

고맙습니다
사랑합니다 되뇌며
마음은 날갯짓해도
날 수 없는 마음이 원망스럽습니다

어머니
당신을 사랑합니다

제목 : 상수연
시낭송 : 최명자
스마트폰으로 QR 코드를 스캔하면
시낭송을 감상할 수 있습니다

새벽 라이딩

맑은 날씨에
상쾌한 기분 온몸으로 느끼며
자연의 아름다움에
잠시 마음을 열고 미소 지으며 바라본다.

하늘을 보니
아침 해는 빛이 더하며
숲속을 헤집고
마음껏 빛의 찬란함 뽐내니
숲은 기분 좋아 웃고

구름도 덩달아 기분 내며
오리도 만들고 새도 그리며
파아란 하늘에 장난질이다.

호수가 웃는다

빛의 찬란함에 웃고
구름의 애교스러움에 웃으며
조용히 모두를 담는다.

대지에 초록 아이들
떠들며 어서 오라 손짓하니
바람도 달려와 노래하며
몸을 흔들어 주고
물기 어린 식물은
대지 품으로 파고들며 젖 먹는 아이 되어
온 세상이 웃는 듯, 기분이 좋다.

새벽 운동은 이래서 좋다.
특히, 비가 온 후의 아침은 기쁨이요
아름다움이고 행복이다.

나를 찾는 깨달음

어떤
고통이 너를 아프게 해도
절대 물러서지 말아라
겨울이 가면
봄은 어김없이 찾아오는 게
우주의 순리다

바다 한가운데에서
섬으로 남는 것은
모든 파도와 태풍을 이기고
견딜 수 있기에
섬이 탄생한 것과 같이

인생의 바다에서
살아남는 것은 꿋꿋하게 버티며
스스로를 관조하며
길을 찾는 깨달음에 있다.

술잔에 던지는 기도

잔잔한 바다
그 위로 태풍이 지나가고
힘없는 나룻배는
삶의 갈림길에 섰습니다

피할 수 없는,
어쩔 수 없이 온몸으로 받고
견뎌야 하는 숙명입니다

선장은 온 힘을 다하여
돛대와 노를 젓습니다
그러나 그 힘이
너무도 미약합니다

선장은 기도합니다
제발 이 배가 난파되어도
나 아닌 내가
잘살 수 있도록 하시옵고

전생의 아픔,
지은 죄
나 하나로 용서하시고
다시는 나 같은 불쌍한 선장이
없게 하시옵소서

세상이란 시계

숱한 조각들
하나의 틀 속에 모여
제자리를 돌고 있으나
새로움을 만들고

아침부터 아침까지
오직 사명을 가지고
우리를 깨우며
쉼 없이 노래를 한다

끊임없이 돌아가는
너의 지침 소리에
나를 찾으려고 몸부림치지만
너를 따라잡기에 힘이 든다

너는 그 자리에 있으나
새로움을 창조하고
나는 끊임 없이 흘러가나
아쉬움만 있구나

하나 둘 셋
하나로 부족하여
셋이 된 너

그 속에
나도 있으니
넷이로다

아, 하늘이여

맑은 하늘이었다
그리 청명하지는 않았어도
여름날 날파리 끼듯
썩은 고기에 쇠파리 날듯이
그렇지는 않았다

잊지는 말자
오늘도 미세먼지가 하늘을 덮고
태양을 가리지만
이 또한 바람이 불면
말끔히 아주 말끔히 사라질 것이다

너도 나도
아파하지만 말고
바람이 되자
동풍이든 서풍이든 무엇이 문제인가
이 세상에
미세먼지가 존재하지 않도록
한번 불어보자

어느 봄날에

따스한 봄빛
대지 위에 살며시 내려앉아
부드러운 바람 스칠 때

긴 겨울 뒤척이던 아이
연하디연한 푸른빛으로
살며시 고개를 든다

양지꽃, 고깔제비, 벚꽃
봄빛의 애무에 수줍게 웃고,
여인은 봄에 취하여
어린 쑥 붙잡고 사정을 한다.

강한 햇살,
벚나무 엉덩이 툭 치니
꽃잎 간지러워 까르르 웃다가

바람에 안겨
빙그르르 춤추며 임 찾아간다.

여름밤의 폭우

잠재된 설움의 구역질인가
휘몰아치는 바람 따라
서러움 가득 안고
눈물 흘리는 너

서러워 서러워서
칼날 같은 빛으로
번쩍 우르르 꽝꽝
천지를 개벽하는 소리 지르며
울다가 웃다가 통곡한다

서러움이 잦아들면
논둑길 개구리 슬피 노래하고
풀숲에 숨어있던 풀벌레
연약한 몸으로 울어댄다

먹구름 부끄러워
바람 따라 곤두박질하고
어둠에 숨어있던 해님이
빼꼼히 고개 내밀 때

긴장했던 대지는
긴 숨으로 토악질을 멈추고
자연을 어우르며
연초록 세상을 끌어안는다

 제목 : 여름밤의 폭우
시낭송 : 조한직
스마트폰으로 QR 코드를 스캔하면
시낭송을 감상할 수 있습니다

바람처럼 날다 가세

어허야 어하 디야
삶은 무엇이고 죽음은 무엇인가
의지도 없이 뜻 모르고 온 세상
무엇을 그리 움켜쥐고
무엇을 그리 욕심내는가

잠시 잠깐 쉬어가는 그늘
왜 자꾸 뜨거운 볕에 앉아 덥다 하는가
사람아 이 사람아
삶의 이유가 아픔이 아닐진대
왜 자꾸 긁어 상처를 내는가

훌훌 털어내세
먼지도 털고 아픔도 털고
욕심은 비우고 마음도 비우세
어차피 가져갈 게 없는 세상
툴툴 털어 내려놓고
훨훨 바람처럼 날다 가세

한낮의 라이딩

늘어진 빤스끈처럼
허벅지에 매달려
삶이 허우적거릴 때

한낮의 태양은
숱 없는 머리 벗기려 하고
바람은 허공만 스친다

낯설은 처녀지
고독의 그늘 곱씹으며
바람을 안고 달리는 길

상심의 그림자
해 질 녘 냇물에 피라미 뛰어오르듯
하늘 향하여 뛰어오른다.

유종의 미

허기진 배 움켜쥐고
공출하듯 월급에서 떼어
제후의 자리 그리며 공부를 했고

라이센스 나오는 날에는
흥취가 극에 달하니
세상이 무척 아름답게 보였다

이제는
지붕에 용마루를 얹듯이
나의 인생에 아름답고 명예로운
월계관을 씌우리라

유혹의 힘

짙은 열정으로 유혹하는 그대
너무 아름다워
그 열기가 너무 감당하기 어려워
때로는, 눈길을 돌리며
그대를 바라보지 못했습니다

어제는
모두 잠든 새벽에
그대를 찾아갔습니다
떨리는 심장 감당하기 어려웠지만,
숨겨진 아름다움을 보고 싶었습니다

나풀거리는 그 부드러움
조심조심 헤집으며
은밀한 곳을 들여다보았습니다
그곳에는, 촉촉한 기다림
아름답고 맑은 사랑이 있었습니다

언제나 웃는 그 모습
살아 있는 모두를 유혹하는 힘.
구중궁궐 그곳은
인고의 아픔을 승화시키는
희생과 사랑이 있다는 것을 알았습니다

우리 천천히 즐기며 가세

여보게 이 사람아
회갑 전에는
목적지 향하여 열심히 뛰다

이 시기 지나면
우리 천천히 옆도 보고 뒤도 돌아보며
유유히 흐르는 물처럼
즐기며 흘러가세나

무엇이 그리 급하다고
그리 부지런히 가는가
그대 오라 손짓하는 사람 없고
약속 지키라며 닦달할 사람 없는데
왜 그리 서두는가

혹 가다가
길이 잘못 들어도
너무 서둘 것 없네
어차피 약속 시간이 없는 것을
왜 아직도 그리 안달인가

천천히 가세

우리 서로 등 토닥이며

손 마주 잡고

어울렁 더우렁 함께 가세나

인명은 재천이라

우리가 지켜야 할 약속은 없으니

그냥, 천천히 즐기며

그리 걸어가세

쉬엄쉬엄 즐기며 가세나

제목 : 우리 천천히 즐기면 가세
시낭송 : 김윤수
스마트폰으로 QR 코드를 스캔하면
시낭송을 감상할 수 있습니다

이런 날

비가 내릴 때
그리움은 가슴으로 내리고
한잔의 열기는
마음으로 다가오지요

한잔 술이 마음을 적실 때
가슴은 뜨거워지고
뜨거워진 가슴은
외로움에 몸부림칩니다

그리고
이별을 아쉬워하며
또 다른 사랑을 갈구하고
잉태하려 하지요

그 사랑이 비켜 가면
고독을 낳고
고독이 몸부림치면

바로
철학자가 된답니다.

乙未 이월 열 나흗 날

따스한 햇살이 대지 위에
살포시 내려앉을 때

99 74 73 72
도합 318의 세월은
한자리에서 담소를 한다

그 어느 날
인연의 끝자락을 잡고
며느리가 되고 시누이가 되었으며
시어머니가 되었던 날

이제는
며느리는 시어머니가 되고
시누이는 동서를 본
수레바퀴 같은 여자의 일생이

이제 주마등이 되어
희미해진 기억 한이 되고
때로는 기쁨 되어
희노애락의 꽃을 피운다.

인생

삶이란 섬
무수한 파도로 파생되는
물보라를 맞으며
살아간다

때로는
더 심한 태풍이
파도와 함께
온몸을 때리고 훑어도
꿋꿋하게
살아남는다

그때
비로소 섬이 된다
사람이 된다

일장춘몽

칠흑 같은 어둠 속
그 속에서 목표를 정하며
방향을 잡고
사력을 다하여 간다

희망은 무엇이고
성공은 무엇이며
잘 사는 것은 어떤 것일까?

삶이라는 것
인생이라는 길

어둠 속에서
꿈을 심어주지만
여명이 서서히 대지를 비출 때
현실이 나를 때린다

밤의 세계가
일장춘몽이 아니라
현실의 삶이
지나고 보니
일장춘몽이더라

자전거

온몸을 얹고
두 발과 두 발 사이
리듬을 탄다

숨소리 가파르고
열기 짙어질 때
비명을 지르며 떨어지는
방울방울들

내 마음은
구름을 타고
하늘 높이 오른다

나그네
슬픈 눈빛으로
왜냐고
묻는다면

난
말없이
그냥
웃으리라

작은 술잔이 호수 되어

때론
작은 잔 속의 술이
나를 삼키고
나를 잃게 만든다

사람 마음은
한없이 넓을 수도
작을 수도
있다

요즘
작은 술잔이 호수 되어
나를 품는다

장미 이야기

길가
아파트 울타리에서
움직이는 모든 것을
조용히 관찰한다

무엇이 그리 바쁜지
번개처럼 스쳐 가는 차량들
느긋하게 폰을 보며 걷는 학생들
수다를 떨며 걷는
이웃집 아주머니도

난
느긋하게
그들을 관조한다

겉보다도
내면의 모습을 찾아
그들 속으로 들어가 본다

살아 있는
숨 쉬는 모든 동, 식물은
자기만의 생각이 있다
철학이 있다
기준과 느낌이 다를 뿐

그 모든 게
환경의 지배를 받는다
모두

장태산의 새벽 향기

새벽이슬 맞으며
함초롬한 모습으로
영롱한 빛 담아
꽃은 밤새워 향기를 빚었나

코끝 간지럽히는 웃음에
가슴을 열고
마음껏 들 날숨을 쉰다

깊은 골짜기
장승의 옆에서 마냥 웃는 저 모습
참으로 아름답고 향긋하구나

어찌 혼자의 힘으로
이리 좋은 향기 빚을 수 있으랴

졸졸 흐르는 맑은 물소리에
초록 향기 듬뿍 넣고
참기름 햇빛 첨가하여
메타세쾨이아 큰 젓가락으로
밤새 비빈 것이겠지

바람도 신이 나서
꽃향기 싣고 마구 달리며
이웃집 문 흔들며
한 움큼씩 나눠 주는 것이겠지

이 모습이
이 아름다운 숲의 세계가 너무 좋아
밤잠을 설치며 우리는
부지런히 찾아오는 것이겠지

주어진 삶

외롭게 흔들리는 삶이었다
마치 높은 산
인적 없는 곳에서
외로이 싸우는 모습이었다

어찌 보면
희망이란 끈을 잃은 연처럼
포기라는 방황의 그늘에서
슬피 우는 모습이라 생각했다

그런데 놀랍게도

그곳에는 더 짙은 그늘을 이고
소리치며 방황하는 헝클어진 여인의
모습을 보았다
낯선, 아주 낯선 모습으로
그들을 보는 내가

그들의 눈에 더 낯설다는 것을
그들과 헤어진 후 난 알았다

그리고
기준의 잣대는 내가 아닌
그들 자신이어야 한다는 것을
아무도 없는 외진 곳,

새벽안개에 가려진
희뿌연 자태의 가로등 불빛,
그곳에 모여드는
불나방을 보고 알았다

증거

여명의 빛
머리에 이고
향수 백 리 길 달릴 때

운무를 비집고
빼꼼히 내밀던 해는
호수에 잠겨 있고

그 속에서는
남모르게
뜨거운 뭐가 있었는지

물안개
흡족한 미소 지으며
피어오른다

그 뜨거운
여운이 가시기 전에
현장을 잡아야지

떨리는 손길로
셔터를 누른다

인연

한잔의 커피처럼
순간의 인연이지만
내 삶이
은은한 향기로
모두에게
남겨지기를.....

참되게 사는 것

세상이
내 맘대로 아니 된다고
그대여
슬퍼하지 마소서

어차피
세상이란 역사의 흔적으로 남기는 것
그 옳고 그름은 후손의 몫이고

우리는
가족을 위해서 나를 위해서
열심히 살아가는 것입니다

오늘도
그리고 내일도
참되게 사는 것입니다

하늘을 봐도
한 점 부끄럼이 없고
후손에게도 부끄럼이 없는
그런 삶을
그렇게 그렇게 살아가면
잘사는 것입니다

한낮의 여유

공기가 참 좋다!
혼자 걸어가는 여인의 구두소리도 좋고
가끔 새가 나무에 앉아
부산하게 움직이는 모습도 좋다

의자를 뒤로 젖히고
두 손을 깍지 끼고 뒤로 눕는다
하늘을 바라본다

짙은 파란색이 아니고
희끄무레한 색이다
멀리 보이는 아파트의 옥상 끝과 하늘에
눈으로 선을 긋고 지울 때
하나의 점이 가로지르듯 날은다

작은 새다
이 따사로운 빛을 뒤로하고
어디를 바삐 갈까

좀 쉬었다 가지

팔공산 갓바위

온갖 상념으로
흔들리는 버스 안

청아한 독경 소리
지친 심신 달래고
마음은 천 길 심안의 계곡 속으로
우는 마음 넣는다

너무 깊어서
이제는
험한 세상을 못 볼 거야
그곳 사바세계는

시기도
마음의 욕심도
서로의 불신도 필요 없는
깊고 깊은
그런 세상이니까

조용히 마음 재우며
눈 감은 지 한 시간

팔공산 주차장에 차는 세워지고
각자 바랑을 짊어지고
고행의 계단을 오른다

내가 만들고
내가 생각하며
살며 키워온 아귀병(餓鬼病)
영험하신 부처님 앞에
봉양 미 올리고
향불 피우며 초에 불 밝혀
마음에 짐 부려 논다

각자 흩어지려 하는 저 바람과 욕심
108배로 정리하며
마음에 짐을 태운다

푸른 소나무

괴암과 박토 사이
오뚝 솟은, 푸르고 힘찬 기운이여
그 모습 아름답고 장하구나!

그토록 가뭄 들고
그토록 모진 바람
온몸을 때리며 휩쓸고 지났건만
우뚝 솟은 모습
푸르고 청정한 그 모습
아름답습니다

오직 공정과 상식만으로
저 높은 곳에서, 온갖 풍파 다 이겨내고
견고히 착근한 모습에
나는 확신합니다

만년이 지나도 깎이지 않을 바위고
천년이 지나도 푸른 모습으로
세상을 굽어보며, 빛날 역사여!

반석 위에
아름답고 당당한 모습으로
대한의 하늘에서
오롯이 빛날 것입니다

그리되실 것입니다
사랑하고 응원합니다

제목 : 푸른 소나무
시낭송 : 조한직
스마트폰으로 QR 코드를 스캔하면
시낭송을 감상할 수 있습니다

향기 짙은 꽃이 되어

너는 왜 그곳에 가느냐
묻는다면
그곳에 길이 있기 때문이라는 말은
절대 하지 않으리

그곳에 있는 산산이 부서져 흐르는
고통을 줍기 위해서고
흩어져 있는 사금 같은 고통을 모아
번쩍이는 작은 메달을 만들고 싶다는 말
어색하더라도
당당하게 말하고 싶다

그곳에는
미지의 날에 그리움 짙은
향기가 아주 진하게 묻혔기에
먼 훗날
정신이 아득해지기 전
너를 찾으며 짙은 미소 머금으리
작은 메달을 가슴에 안고
활짝 웃으며 피우리

향기 짙은 꽃이 되어.....

호박꽃

흔하기에,
오묘한 표정도 아니며
어디서고 볼 수 있어
꽃으로 태어났어도
꽃이라 생각지 않고

너도 꽃이냐고 비아냥이다

그러나 '너,라는 꽃은
넉넉한 웃음으로
왕팅이도 나비도 부른다
그 속에는 보이지 않는
진한 뭐가 있다

황매산

하늘의 은하수
잠시 내려와 쉬는 곳
그리운 연정이 모여 꽃이 되었나

부끄러워 부끄러워
마음까지 붉게 물이 들고

수줍은 색시 되어
하늘만 바라보니
찬이슬비 눈물을 감춰주네

저 멀리 보이던
하얀 그리움은 바람에 씻기고
뜨거운 정열만이
온 산을 태우는구나

혼돈의 시간

칠흑의 밤
눈은 있으나 본분을 잃고
보이지 않는
마음으로 세상을 읽는다

백지가 된 마음
넓은 공백에 구상을 하고
드로잉 하는 손길
부족하여 색칠을 하고
다시 덧칠을 하지만
상상의 골은 깊어지고
심연의 골짜기로 빠져든다

끝이 없는 상상의 골짜기
어디를 어떻게 가는지 어디에 있는지
혼돈의 그늘에서
벗어나지 못하고
두려움과 추위의 고통 속에서
자괴감으로 색칠을 한다

얼룩진 눈물 자국, 덧칠한 흔적만
선명하게 눈에 띈다

지울 수 없는 삶
다시 시작할 수 없는 공간
아니, 공간이 없는 얼룩의 흔적들
어떻게 지우고 채울까
어떻게 배열을 하여야 이룰 수 있을까
그 공간의 미학, 그 삶의 의미를...

다시 눈을 떠 보지만
걷힌 칠흑보다도 더 혼란스러워진 눈
세상의 오물과 그 냄새
폭풍우를 기다리는 허기진 마음
폭풍 후의 고요를 그려본다

제목 : 혼돈의 시간
시낭송 : 김윤수
스마트폰으로 QR 코드를 스캔하면
시낭송을 감상할 수 있습니다

후폭풍

이기와 욕심으로 점철된
기름진 식욕
머리가 시키는 대로 입으로 먹는다
달콤하고 고소한 맛에
꼬리가 긴지도 모른다

천둥이 친다
밤을 새우며 지난 시간을
되돌아보지만, 어쩔 수 없다
고약한 냄새를 동반한 폭풍이 몰려온다.
아, 괄약근이 고장 났다

달이 질투한다
아니야
이건 질투가 아니라 운명인 거야
세월은 흘러야 하고
흐름의 법칙 벗어날 수 없으니,

근디, 나는
부분 일식일까 개기 일식일까?
어둠이 아프다.

사랑 커피

가을빛 익어가는
단풍나무 아래서
커피를 마시고 싶다

당신의 마음
내 마음 한 스푼에
가을빛 한 움큼 넣고

사랑으로 휘휘 저어
당신과 함께
그 향기를 나누고 싶다

가을 하늘

구름인 나는 노래합니다
가끔은 심술이 사나운 바람 친구가 훼방을 놓아도
나는 탓하지 않습니다

우리는 다정하게 놀다
가끔은 포옹도 하며 사랑을 합니다.
그럴 땐 바람님이 슬며시 눈치를 보며 비껴갑니다

나는 즐겁습니다
파란 하늘이 나를 부릅니다
나는 두 손을 모으며 바람 친구를 타고 달려갑니다

파란 하늘은 마음이 참 좋습니다
머리에 닿을까 봐 저 높은 곳에 머물며 우리의 놀이터를
만들어줍니다

심술쟁이 센바람이 올라치면
파란 하늘이 속삭입니다
"바람아, 바람아 천천히 다니렴
비단옷 곱게 입고 목화솜 날리는 구름 아기 다칠라"
뒷발을 살짝 들고 조용조용 다니라고 윙크도 해줍니다

나는 신이 나서 춤을 춥니다
때로는 바람과 어깨동무하고 달리기도 하며
한 곳에 앉아서 맑은 햇빛을 손으로 받아 흩뿌려도 보면서
동그란 모습도 만들고
새털 같은 모습도 만들며, 노래를 합니다

나는, 나는 행복합니다
높은 하늘이 있고, 따갑도록 맑은 햇볕과 시원한 바람 친구
가 있어
나는, 나는 행복합니다.

믹스커피

찬바람이 내 몸을 스치면
뜨거운 열정은
외로움에 스러지고
나는 너를 애타게 부른다

너에 순수한 열정이
온기를 싣고 다가올 때
난 너의 피복을 벗기고
달콤한 사랑을 넣는다

너의 피어오르는
은은한 향기는 나를 자극하고
난 부드럽게 너를 애무하며
한 몸이 될 때

나는 희열의 극치를 맛보며
생의 노래를 부른다
너는 나를 유혹하는
'향기롭고 아름다운 여인'이라고

멸치국수

멸치의 희생으로
깊이 우려진 맛으로 분위기 잡고
휘휘 감긴 모습으로
그릇을 채운 국시

젓가락에 휘휘 말아
욱여넣듯이 입에 밀어 넣는다
감치 듯 안기는 맛

약간 부족한 아쉬운 마음,
그래도 국물을 보니
넉넉해진다

다 먹을 수 있을까

양손으로 그릇을 움켜쥐고
15도로 시작하여 45도까지
그릇은 반 바퀴 돌고
할 일 다 했다는 듯이 자리에 앉는다

포만의 기쁨
국시 가닥만큼이나 마음이
넉넉해진다

세상 부러울 게 없다
잠시 눈을 감고 명상에 잠긴다

하얀 감자꽃

푸른 잎사귀 아래로
보석 같은 누런 황금알처럼
결실을 향하여 달리는 생
그 결실을 위해
활짝 피기도 전에 꺾어야만 하는 꽃

굵은 씨알 위해
평생 한 번 필 수 있는 기회마저
접어야 하는 슬픈 꽃

아픔의 씨앗으로
슬픔을 안고 분가를 하고
오롯한 가정을 위해
한 몸을 희생하는 꽃 감자꽃

그래서
더욱 순수하고 슬픈 꽃
하얀 감자꽃

계절의 비

가끔은
아얌을 쓴 얼굴에
사나운 빗줄기처럼
날아드는 화살 같은 바람

깊이 잠재된
내면의 저항 밀치고
소주잔 놓고
슬픔과 동거를 한다

저~멀리
계절의 칸막이 속에서
서글프게 흐느끼는
노랫소리 들으며

오늘도
짝사랑 여인 숨어 보듯
지난 흔적 뒤적이며
흐느껴 운다

조개

어둠의 열차를 탔다
때로는 깊은 곳에서 단단한 껍질로 구르듯 기어도 가고
떨어지듯 뒹굴기도 한다
겉은 단단하고 각박한 모습이지만, 속엔 부드러운 감성
으로 홀로 역경을 이겨간다.
열차는 시장 자판 위에 나를 버린다.
울분을 토하는 듯한 도시에 고향을 둔 나는 그들을 관
찰한다.
그들은 입가에 미소를 짓지만 날카로운 눈길은 내 온몸
을 스치며 나를 헤집는다. 이들의 입가에 맺힌 미소 속
에는 탐욕의 그늘이 번뜩인다.
살기 위한 탐욕일런가
행복을 위한 탐욕이련가
내 몸을 그들이 들었다 놨다 탐색을 마칠 때까지 나는
그들을 관조한다
저 탐욕의 눈들은 어디쯤에서 멈출 것인가
인고의 그늘에서 얻은 내 몸속의 진주는 저들의 탐욕을
만족시키려나

자판 위에서
슬픈 눈으로 더 슬픈 탐욕을 본다

어머니의 얼굴

살아 온 길
응축하여 그린 그림
미로처럼 얽힌 실선들

저 큰길은
고난의 길이었고
저 옆의 소로길은
잔잔한 행복의 길이었나

지난 고난과 슬픔
모두 지우고
새로운 꽃길 만드시길

볼수록 아름답고
미소 짓게 만드는
넉넉한 그림이 되시길

눈 감고 비옵니다

고국

먼 타국
밤하늘을 바라보니
그리운 얼굴
보름달이 되었네

하늘에 달은 초승달인데
내 마음에 그리움
만월이 되었구나

모두 잠든 새벽
고독한 순례자 되어
마음은 소용돌이 안고
허공에서
그리움을 찾는다

언제 만나려나
모래알 같은 숱한 그리움
침전된 사구 되어
가슴은 소리 없이 통곡하네

홀씨 되어

흐느적거리는 태양이
심란하게 하품을 하는 휴일 오후
쓸쓸한 바람이
온몸을 훑고 지나간다

오늘 같은 날은
바람도 비껴가는 높은 산에 올라
가슴 깊숙이 쌓여 있는
앙금을 바람에 날리고 싶다

그런 후
예쁘지는 않지만 미소가 아름답고
배우지는 못했어도
넉넉한 너의 마음에 들어가고 싶다

그런 너를 안고
홀씨 되어 바람이 가는 곳에
그 바람이 멈춘 곳에
너와 나의 뿌리를 내리고 싶다

깊은 곳
아무도 올 수 없는
아주
깊은 곳에

구름은 이슬이 되어

멸멸하던 새벽별
졸린 눈 비비며
짐 싸는 시간

바람에 휘둘리던 구름은
밤새 그리도 서러웠나
어둠 속에서 맺힌 눈물
이슬이 되어

새초롬히 앉아 있는
꽃잎에
입맞춤한다

가냘픈 풀잎은
사랑이 버거운지
숙어진 잎이 안쓰럽고

새벽을 가르는
풀벌레의 애처로운 사랑 소리
미풍을 타고
내 마음에 스며드네

가을 라이딩

가을빛 산하를 적시고
명경 같은 햇살은
갈바람에 부서져 온 들에 내리는 날

친구와 힘차게 달립니다.
삶의 노래 부르며
향긋한 가을 냄새 맡으며
힘차게 달립니다

개선장군이 된 것처럼
우리를 환영하는
낙엽의 바스락거리는 노래도
붉게 물든 잎새의 수줍음도

가을빛과 한 몸 되어
힘차게 페달질로 노래를 합니다
아, 향긋한 가을이여-

가을 여행

아름다운 영상으로
우리에게 무수한 이야기를 전하는,
가을에 같이 떠나요
저 푸른 하늘에 구름을 타고
바람의 붓을 들고

그곳에
사랑을 같이 그려봐요
미소도 그리고
심통 사나운 모습도 그리며
우리 함께 웃어봐요

들과 산에는
풍요와 아람,
거리에는 우리의 함성
가을만이
우리의 마음을 심쿵하게 하는
가을날의 축제에
같이 떠나요,

솔솔 부는
가을바람을 타고
우리 손잡고 떠나요

자 잡아요
이제 여행을 떠납니다
손 놓으면 안 돼요

연꽃대를 보며

나 한 때는,
싱싱한 푸르름이 있었고
화사한 웃음 지며
뭇사람들에게 사랑도 받았지만,

세상이 쉬지 않고 돌아가니
나 또한 멈추지 못하고
세상 따라 돌아감을 알 수 있었네

무릇 태어난 생물은
언제 어느 시기가 되면
멈췄다 다시 돌아가야 하는 철칙이 있음을,
가야 할 시기가 되자 화무십일홍이라며
때늦은 후회를 하네

그렇다고 서러워할 필요도
후회하며 가슴 칠 일도 아니지만
이 세상에 왔다가 갔다는
작은 정표라도 하나 남기고 가는 게
도리라는 생각이 들고

아름답게 피었다
아름다운 모습으로 사라지는 연을 보며,

비록 형체는 사라져도
뿌리는 성장하여 다음 시기가 되면
다시 태어나는 것처럼
우리 인간도
다시 태어날 그날을 기다리며
최선을 다하며 가야 하는 길

죽음의 터널이라 보이지는 않지만
물속에서 크는 연처럼
우리네 영혼도 땅속에서 크고 있음이라

먼 미래를 위해서

여명
그 빛의 아름다움

김윤수 시집

2022년 12월 7일 초판 1쇄
2022년 12월 13일 발행
지 은 이 : 김윤수
펴 낸 이 : 김락호
디자인 편집 : 이은희
기 획 : 시사랑음악사랑
연 락 처 : 1899-1341
홈페이지 주소 : www.poemmusic.net
E-Mail : poemarts@hanmail.net

정가 : 10,000원
ISBN : 979-11-6284-414-4